Mejor un Trío y
otras Historias
Historias Eróticas Vol. 3
Erika Sanders

Mejor un Trío y otras Historias

Por

Erika Sanders

Serie

Historias Eróticas Vol. 3

Imagen portada: © Milles Studio - Pixabay, 2025

Primera edición: 2025

Sinopsis

Esta colección de Historias Eróticas, es una serie de historias de alto contenido erótico.

Este volumen contiene las siguientes historias y relatos:

- Recibimiento salvaje
- Traicionada
- Mejor un trío

Nota sobre la autora:

Erika Sanders es una conocida escritora a nivel internacional, traducida a más de veinte idiomas, y que firma sus escritos más eróticos, alejados de su prosa habitual, con su nombre de soltera.

Índice

RECIBIMIENTO SALVAJE
POR
ERIKA SANDERS

Susan estaba acostada en el sofá pensando en su pareja.

Ella lo amaba con todo su corazón y su sueño era que él le hiciera todo lo que quisiera con los juegos previos.

Lamerla y chuparla hasta que valiera la pena morir por su nivel de éxtasis.

Luego follarla con el sexo más poderoso que la creación.

Era una noche tan aburrida.

Susan estaba acostada en el sofá en sostén y bragas rosas de seda viendo una película.

Pero Susan estaba pensando en su novio, su hermoso cuerpo, ojos verdes y cabello castaño oscuro.

La lengua de Susan asomó por sus labios mientras pensaba en él, la lujuria llenaba su mente y cuerpo.

Justo en ese momento, Susan escuchó la puerta abrirse, finalmente él estaba aquí.

Emocionada y húmeda, saltó y corrió hacia la puerta.

Allí estaba parado con sus jeans y una camiseta blanca.

Entró en la habitación notando los hermosos y agitados pechos de Susan, ya que casi se caían del sujetador por su emoción.

Agarrándola por la cintura, atrajo a Susan hacia él y la besó profundamente.

"Estoy tan jodidamente cachonda", susurró Susan con su cálida y húmeda boca. "Fóllame ahora".

No necesitando una segunda invitación, empujó a Susan hacia la mesa de la cocina.

Se quitó la camiseta y apagó las luces oscureciendo la habitación.

Susan yacía sobre la mesa, sus pezones ahora asomaban a través de su sostén blanco y se formaba una mancha húmeda en sus bragas a juego.

Se acercó a ella, formando un bulto en sus jeans.

Se inclina sobre Susan besando suavemente su vientre, lamiéndolo todo.

Susan jadea de placer y sus manos agarran su cabeza para acercarlo.

Él continuó lamiendo y besando su vientre, de vez en cuando bajando hacia su coño, aún cubierto por las braguita, para soplar aire caliente sobre ella.

Él agarra su ropa interior con los dientes, tirándolos hacia abajo en un movimiento rápido.

Las arroja sobre la mesa y olfatea sus pubis.

Susan comienza a gemir y a respirar pesadamente.

Enterrando su rostro en su coño mojado, él levanta la mano para quitarle el sujetador.

Los pechos turgentes de Susan se derraman sobre sus suaves manos.

Lamió suavemente la hendidura de Susan una vez más antes de acercarse al refrigerador.

Al abrirlo, sacó un tazón de fresas. Tomó dos de ellas, colocando una en el vientre de Susan y el otra entre sus senos.

Lamió la fresa en su ombligo, comiéndosela después.

Él continuó lamiendo su cuerpo de abajo a arriba y finalmente pasó a la siguiente fresa.

Lamiendo el escote de Susan, él mueve la fresa hacia arriba y hacia abajo entre sus senos.

Susan gime ante la sensación inusual.

Continúa moviendo la fresa cada vez más abajo por el cuerpo de Susan, hasta que llegó a su coño empujando la fresa con su lengua.

Susan jadeó y él pudo ver que su coño se contraía con la fresa cubierta con sus jugos.

Empujó la fresa más adentro de su coño.

La cubrió con la boca chupando suavemente hasta que la fresa estuvo nuevamente en su boca; ahora cubierta con jugos del coñito de Susan.

Sorbiendo la fresa, se la comió y se movió para darle la vuelta a Susan sobre su estómago.

Con su trasero en el aire, lo acarició.

Golpeó suavemente a Susan en el culo, antes de zambullirse hacia su trasero y lamerlo, dejando chupetones por todo el trasero.

Cerca había un tarro de miel, metió el dedo y lo untó sobre los labios de Susan.

Luego metió la lengua profundamente dentro de ella haciendo que Susan gimiera.

Él sorbió su lengua profundamente en su coño.

Gimiendo en voz alta, Susan dijo:

"Fóllame ahora".

Se quitó los jeans, con su polla a punto de estallar.

Ahora desnudo, su polla sobresale grande y fuerte.

Él agarró a Susan, pasando sus manos sobre sus muslos internos colocando su polla justo en su entrada.

Él frotó su cabeza contra su humedad; suavemente, separó los labios y deslizó la cabeza de su miembro suavemente.

Un gemido escapó de los labios de Susan cuando sintió la punta de su miembro entrar en ella.

Susan gimió más fuerte, mientras deslizaba el resto de su enorme polla dura en su coño.

Mientras todo él la llenaba, ella apretó las paredes de su coño, con lo que un gemido ahora llegó de él.

Comenzó a bombear su polla dentro y fuera del coño de Susan, conduciendo más y más con cada golpe.

Él continuó golpeando su coño haciendo que Susan gimiera cada vez más fuerte.

Agarrando sus muslos, golpeó con más fuerza que nunca, gruñendo mientras invadía el cuerpo de Susan con su enorme polla.

Susan gritó:

"Eso se siente tan bien bebé, fóllame más fuerte".

Él golpeó más fuerte con su polla en el coño de Susan, sintiendo la acumulación de semen en la base de su polla.

Sus bolas golpeando el trasero de Susan con el movimiento de él.

Susan dejó escapar un largo gemido y comenzó a tener un orgasmo salvaje, su coño apretando su polla, por lo que él también comenzó a tener orgasmo.

El semen se vomitó de su polla, el primer chorro entrando en el coño de Susan.

Pero él se retiró dejando que el resto rociara su cuerpo.

Justo cuando su orgasmo comenzó a disminuir, él metió los dedos en su coño bombeándolos rápidamente, enviando a Susan al orgasmo nuevamente.

Gimiendo y moviéndose por toda la mesa, Susan lo jaló sobre ella y lo besó profundamente.

Su sudor y semen se mezclaron por los dos cuerpos.

Después de relajarse ambos él dijo:

"Da gusto ser recibido así".

FIN

TRAICIONADA POR ERIKA SANDERS

CAPÍTULO I

Becky oyó el ruido de la llave en la cerradura.

Bajó corriendo las escaleras, encendió la luz del pasillo y abrió la puerta.

Jack estaba allí bajo la lluvia, con la capucha puesta sobre su cabeza, la llave se detuvo en su mano mientras sus ojos oscuros la miraban fijamente.

"Oh, Dios mío, has venido", dijo Becky con alegría.

Ella saltó hacia adelante y pasó sus brazos alrededor de sus hombros abrazándolo, sintiendo la lluvia que cubría su abrigo filtrarse en la parte superior de su ropa tan ajustada.

A ella no le importaba.

Su hombre estaba aquí y eso era todo lo que importaba.

Ella liberó a Jack de abrazo efusivo y puso sus manos empapadas en su cara.

Su expresión seria no había cambiado.

"¿Qué pasa?", Dijo ella.

"Necesitamos hablar."

Becky sintió que su estómago se estremecía, pero se hizo a un lado para dejar que Jack entrara y se quitara las botas mojadas.

Entró en la sala de estar, frotándose los brazos nerviosamente mientras esperaba que Jack le diera las malas noticias, fueran las que fuesen.

A continuación, entró él en la sala de estar, aun con una expresión grave en su rostro demacrado.

"Ponnos una copa por favor", dijo.

Becky se acercó al carrito de licores y sirvió dos brandies.

Le temblaba la mano cuando le tendió uno de los vasos y bebió el suyo rápidamente.

Jack se acercó al sillón con los calcetines bastante húmedos.

La imagen que daba así era un poco cómica.

Ella se hubiera reído si no fuera porque el momento era bastante tenso.

Él se sentó en el borde del asiento, sin acomodarse, sin quitarse el abrigo mientras se preparaba para dar las malas noticias.

Tomó un gran sorbo de brandy antes de hablar.

"Ella lo sabe todo sobre nosotros", dijo después de tomar el licor con un suspiro final.

Becky sintió que sus rodillas se debilitaban, su corazón se aceleraba.

Se sirvió otra copa de brandy.

Caminó hacia el sofá que estaba frente a Jack y se sentó.

"¿Cómo?" Dijo después de otro trago del líquido tibio.

"Le dije."

Becky frunció el ceño.

"¿Le dijiste? ¿Para qué diablos?

"No pude aguantar más".

Becky se levantó.

"Por favor dime que estás bromeando, Jack".

Él sacudió la cabeza negándolo.

"¿Por qué le dirías a tu esposa que estás engañándola?"

Jack levantó la vista de debajo de sus pobladas cejas que le hacían parecer como un travieso cachorro.

"No pude verla estando indiferente y tranquila mientras continuaba escondiendo nuestro sucio secreto".

'Nuestro sucio secreto ¿Eso es todo lo que es para él?' Pensó Becky.

"Bueno, ¿qué dijo ella?", Dijo Becky, haciendo como que no había escuchado el ultimo comentario mientras caminaba de un lado a otro de la habitación.

"Ella está dispuesta a darnos otra oportunidad. Si esto se detiene ".

Becky dejó de caminar y miró la cara de Jack.

"¿Nos? ¿Quieres decir que tú y ella están juntos después de contárselo? "

Jack asintió.

"¿Vas a dejarme así sin más? ¿Porque ella lo dice? "

"Ella es mi esposa."

"¿Y qué era yo?"

"Tú sabes lo que era esto. Te dije que nunca dejaría a mi esposa. Esto siempre fue sexo entre tú y yo ".

'Tú sabes lo que era esto. Pasado. Ya había terminado en su mente. ¿Cómo ha podido hacerme esto?'

A pesar de que él había dicho que nunca iba a dejar a Mary, Becky pensaba que lo podría convencer de que ella era realmente la mujer que él necesitaba.

¿Y no es así?

Parecía que no.

Jack había terminado su bebida y se había levantado para irse.

Becky se acercó a él.

"¿Eso es todo, entonces?", Dijo ella, mirándolo con enojo. "¿Me lo dejas caer así y te vas?"

Jack suspiró mientras la apartaba para dirigirse hacia el pasillo.

"Becky, tengo hijos", dijo, exasperado ahora.

Oh, no, él no se iba a salir así de fácil de esto.

Antes todo eran cumplidos y mensajes burlones y eróticos, con muchos besos al final para tenerme encantada.

Eso es lo que hacen todos, para obtener lo que quieren.

Luego, cuando ya han tenido suficiente, se ponen a la defensiva y tratan de deshacerse de ti.

El verdadero rostro de Jack se mostraba ahora.

Ella no había sido más que una pieza de carne para él, una cogida fácil.

Una escoria.

Una puta.

Esa era la forma en que los hombres siempre la habían tratado. Jack no iba a ser diferente.

"¿Y eso qué? Mucha gente se divorcia hoy en día. Los niños lo superan. Siguen teniendo a los dos padres ", dijo ella con frialdad.

"Son niños, Becky", espetó Jack. "Necesitan una familia. Seguridad. Un papá que siempre está cerca. No uno que aparece un par de veces a la semana ".

¿Y yo que? pensó ella algo egoístamente.

La mujer que no puede tener hijos.

La mujer que siempre y siempre será permanentemente estéril, incapaz de darle una familia a un hombre.

El fenómeno.

La rara.

La que solo es buena para divertirse, para joder.

¿Quién la amaría realmente?

"Iré a tu casa", amenazó. "Le diré lo que hicimos. Cómo me llevaste al bosque en tu auto y me follaste en el asiento trasero. Donde sus hijos se sientan cada día en el viaje a la escuela. Cómo me llevaste al mismo restaurante en donde le propusiste matrimonio a ella. A ver si ella cambia de opinión entonces ".

Jack se giró en la entrada, sus dedos dejaron la capucha que estaba a punto de levantar sobre su cabeza.

"No lo harás".

"Mírame."

Becky vio, por primera vez, una mirada en los ojos de Jack que había visto en muchos hombres antes.

Asco.

Lo que habían tenido entre ellos, lo que fuera que había sido para él, se había ido.

Ella sabía que nunca recuperaría eso.

Su labio superior se curvó cuando se colocó la capucha sobre la cabeza y se inclinó para agarrar sus botas.

Becky sintió que la calidez se desvanecía de su carne, volvía la fría sensación de quedarse atrás.

Abandono.

Ella lo había sentido demasiadas veces antes.

"No puedes simplemente dejarme, Jack", suplicó, sintiendo el familiar chorro de lágrimas que salía de sus ojos.

"Se acabó", dijo bruscamente, su voz enroscada por la ira.

"No me hagas esto, Jack. ¡Por favor!"

Él anudó el encaje de su bota y se enderezó, mirándola desde debajo del refugio de su capucha.

"No te acerques a mí ni a mi familia nunca más. Si lo haces, llamaré a la policía ".

Levantó su mano y dejó caer su llave en el piso.

La llave que ella le había dado con la esperanza de que él viera esto como su verdadero hogar, en el que eventualmente llegaría a vivir en forma permanente.

Fue la última puñalada en su corazón.

Tiró de la puerta y dio un paso rápido hacia el jardín.

Becky estaba de pie en el felpudo, con las mejillas brillando teñidas de lágrimas bajo la luz brillante del salón, observando cómo su alta silueta avanzaba a zancadas a través de la lluvia.

Lejos de ella.

De vuelta a su familia.

Fuera de su vida para siempre.

CAPÍTULO II

Becky miró el interior de su vaso y sintió que la cabeza le daba vueltas.

El whisky dejó un sabor agrio y amargo en su lengua.

Con los dedos temblando sobre el vaso, ella lo levantó y lo arrojó a la pared de la chimenea.

Chocó con el espejo, haciendo que fragmentos de vidrio explotaran y luego cayeran en cascada sobre el suelo y la gruesa alfombra.

Ella saltó del sofá y marchó hacia el teléfono.

Las lágrimas brotaron de sus ojos cuando agarró el auricular, pero se dijo que no iba a llorar más.

Ella se mordió los labios, marcando con determinación el número.

Después de unos momentos, respondió una brusca voz masculina.

"¿Hola?"

"Harry, soy Becky", dijo, sofocando su embriaguez con un resoplido.

"¿Becky? Jesús, ¿para qué llamas en este momento? Son las dos de la mañana ".

"Lo siento. Es solo que ... necesito estar con alguien ".

"¿Qué? ¿En este momento?"

"Sí."

Oyó un crujido en el otro extremo de la línea, el crujido de la garganta seca por los cigarrillos de Harry mientras se movía alrededor de la cama.

"¿Realmente me estás despertando por un polvo en mitad de la madrugada?"

Becky sintió un nudo en el estómago ante sus palabras.

¿Y si ella realmente no necesitara a alguien para satisfacerse?

Sin embargo, a Harry no le importaba eso.

Solo era un hombre típico con solo una cosa en mente.

Ella paró la tentación de explotar.

"¿Por qué no? Es un momento tan bueno como cualquier otro ", dijo algo agitada.

"Tengo que estar despierto a las seis".

"¿Y qué? Puedes dormir mañana por la noche. Y al menos irás a trabajar satisfecho en lugar de bostezando ".

"Estoy destrozado ahora mismo. Lo única forma de no ir bostezando a trabajar es unas cuantas horas más de sueño y no de ejercicio ".

Becky pellizcó sus labios frustrada y agarró sus cigarrillos que estaban colocados junto al teléfono.

Encendió uno y dio una larga y profunda chupada, luego se frotó la sien con el pulgar mientras soltaba el humo espeso.

"Te haré lo que quieras", dijo, y la nicotina le dio suficiente fuerza para intentar seducirlo.

"¿El qué?", Dijo Harry.

"Te meteré mi lengua por tu culo. Te comeré como un hombre se come a una mujer ".

Hubo una pausa y pudo sentir a Harry pensando en el otro extremo.

No muchas mujeres estaban dispuestas a comerle el culo a un hombre y Harry tenía un ano particularmente sensible, su lengua tenía la capacidad de hacer que todo el cuerpo de él se doblara y gritara al mismo tiempo.

Sin embargo, parecía que realmente estaba cansado esta noche. Incluso eso no fue suficiente para tentarlo.

"Oh, Becky. ¿No podrías haber llamado a una mejor hora?

"Me pondré mi correa. Te daré una larga y dura follada ¿Eso es lo que quieres, Harry? Una. Larga. Dura. Follada."

Harry sonaba nervioso y agitado cuando respondió.

Becky sabía que a él se le había puesto la verga dura como una piedra bajo las sábanas ante su explícito y asqueroso coraje.

Pero no importaba con qué intentara tentarlo, él parecía que no se iba a mover.

"Lo siento, Becky. Voy a tener que pasar. ¿Qué tal el viernes por la noche?

Becky vio el cenicero en la mesa de café y aplastó su cigarrillo.

"Eres igual que todos los hombres, ¿verdad? Crees que voy a ir corriendo cuando tú digas. Bueno, ¿sabes qué, Harry? Puedes joderte tú solo. Esa fue tu última oportunidad y la acabas de arruinar ".

"¿Qué ... Becky?"

"Adiós, Harry. Sueño profundo si puedes. ¡Coño! "

Colgó de golpe el teléfono en el receptor.

Becky se sentó en la cama por un momento, su corazón acelerado, su sangre hirviendo, un millón de pensamientos diferentes compitiendo por la precedencia dentro de su cabeza.

¿Cómo podrían hacerle esto?

Una y otra vez.

¿Y por qué ella seguía dejando que lo hicieran?

Cayendo en la misma vieja trampa una y otra vez.

Ella sabía lo que dirían los psiquiatras.

No te valoras lo suficiente.

¿Cómo puede esperar recibir respeto cuando ni siquiera se respeta a sí misma?

Bueno, eso es fácil de decir para ellos.

Quieren saber lo que es sentirse una puta que deja que los hombres usen su cuerpo como si fuera un trapo sucio.

Una madre que se iba a joder con sus novios y dejaba a su hija sola en casa, fría y hambrienta sin nadie quien la quisiera.

Una mujer que la convenció durante años de que su padre no la quería.

Que los había abandonado por su culpa.

Cuando la verdad fue que él se fue intimidado por la sumisión a la que era sometido por ella y demasiado aterrorizado para regresar a su reino de terror.

Becky hundió su rostro en sus manos y dejó que las lágrimas inundaran sus palmas.

Me dejaste, papi.

¿Cómo pudiste dejarme con esa perra psicópata?

Ella se sentó y se obligó a sí misma a que las lágrimas se detuvieran.

La tristeza se convirtió en enojo como el cambio de un interruptor.

Su padre fue un jodido cobarde.

Como todos los hombres.

Caminaban controlados por las bolas que se columpiaban entre sus piernas, pero no tenían las agallas para usarlas.

Sólo una mujer podía hacer eso.

El dolor era demasiado.

Becky necesitaba sexo.

Era lo único que la calmaría.

El sexo calmaría el dolor que sentía por dentro.

Dolor por no ser amada y por ser rechazada, que le hacía sentir como una puta sucia y desechable.

Durante unos breves momentos, un beso apasionado, un impulso lujurioso que la llevara al orgasmo, y se sentiría sanada.

Todo bien de nuevo.

Amada.

El único problema era que se había convertido en una adicción.

Y una vez que todo había terminado, después de que los hombres se marcharan y regresaran con sus esposas o a la siguiente mujer dispuesta a abrir sus piernas, ese lugar oscuro volvería.

Hasta la próxima solución.

Becky no podía soportarlo más.

Ya era suficiente.

Esta vez alguien iba a pagar.

CAPÍTULO III

La venganza es dulce.

O eso dicen.

Becky reflexionó sobre esto mientras se cepillaba el pelo largo y negro en el espejo del tocador.

Estaba desnuda, aparte de un par de bragas negras adornadas con un pequeño lazo rojo.

Sus senos de cuarenta y tres años eran tan firmes como los de una mujer diez años menor que ella.

Era uno de los aspectos positivos de no poder tener hijos.

Ha mantenido su figura y sus esplendidos encantos durante más tiempo.

Cuando las cerdas del cepillo se deslizaron por su cabello, experimentó una calma que no había sentido en años.

Algo finalmente se estaba generando dentro de ella.

Ya no será más una víctima.

Ella estaba luchando.

Ella iba a ser una guerrera.

Seleccionó una barra de lápiz labial rojo oscuro de su maquillaje y se la aplicó con cuidado a los labios, agregando un poco de plenitud dando un milímetro extra alrededor del borde.

El color complementaba su cabello oscuro y su piel aceitunada, dándole un aspecto ligeramente mediterráneo que no podría haber estado más lejos de su herencia británica.

Ella tuvo que admitir que se veía bien.

Ella podría tener un poco de aspereza en la voz por tantos cigarrillos y una infancia de mierda, por no mencionar la bebida, pero sabía cómo presentarse para tener sexo.

Ella había aprendido esa habilidad de su madre, y cuando se dio cuenta de cuán duras eran las chicas del norte, también había aprendido a usarla para su beneficio.

Las chicas sexy tenían poder.

Podrían controlar a los hombres con sus cuerpos, su aroma, y una mirada provocadora.

Cuando Becky lo meditó, se dio cuenta de que era lo que le había permitido sobrevivir durante tantos años.

Se levantó y caminó hacia el espejo de cuerpo entero.

Inclinando su cabeza a un lado, ahuecó sus pechos.

Hizo un mohín con sus labios recién pintados.

Sí, se veía lo suficientemente buena para comer algo apetitoso.

Y para comerte también, pensó con una risa sensual.

En la cama había un vestido rojo.

Corto.

Muy provocador.

Escote bajo para mostrar sus tetas.

Ella deslizó sus pies descalzos en él y lo subió a lo largo de su cuerpo.

Mirándose en el espejo, ella se dio la vuelta y lo abrochó.

Admiraba la tela sedosa, arrugada en las caderas, lo que acentuaba su forma típica de reloj de arena.

Junto a la puerta había una hilera de zapatos de tacones.

Becky se acercó y deslizó sus pies en un par rojo.

El color de esta noche era escarlata.

Rojo por sangre y asesinato.

CAPÍTULO IV

El taxista se detuvo afuera del club.

Becky notó que había dos gorilas junto a las puertas.

Pagó al taxista y salió a la calle iluminada por la luz de la farola, el aire suave tocando sus hombros desnudos mientras la música del club golpeaba bajo sus pies.

Cerró la puerta del taxi y caminó hacia la entrada, colocando la correa de su pequeño bolso rojo sobre su hombro.

Lugar de Encuentro era un moderno club de caballeros que había aparecido en la ciudad hace un par de años.

Hombres de todas las edades iban allí con sus trajes más modernos, empapados en botellas de loción para después del afeitado, tratando de atraer a las chicas del norte que acudían a su olor como perras en celo.

Becky no era la excepción.

Pero esta noche tenía su mente puesta en un hombre en particular.

El lugar era una colmena de actividad, ocupada para una noche de mitad de semana.

Una cantante estaba actuando en el escenario en un lado de la sala y el bar en el otro estaba lleno de los tipos más viejos encorvados sobre vasos de cerveza.

Hombres y mujeres se sentaban en una gran área llena de mesas en el centro de la sala, charlando y mirando hacia el escenario.

Becky se dirigió al bar y llamó a un apuesto joven barman con un corte de pelo estilo pico de viuda.

"¿Ricky está aquí esta noche?", Preguntó ella.

El camarero asintió. "Atrás."

Becky le dio una sonrisa y se alejó del mostrador, notando que los ojos de los hombres más viejos se habían movido de sus bebidas a ella.

Se aseguró de que tuvieran una buena vista de su trasero mientras desaparecía por un corredor que conducía a las oficinas en la parte trasera.

Ricky Morris era el dueño de cinco clubes nocturnos en el área de Maine.

Había ganado su dinero a partir de unos tratos poco fiables en los años noventa y abrió la cadena de clubes de caballeros que había sido un éxito instantáneo con los muchachos juguetones del Norte.

También era conocido por trabajar con strippers y prostitutas, proporcionándoles clientes y recortando sus ganancias.

Becky lo conoció hace dos años en el lanzamiento de *Lugar de Encuentro*.

De todas las mujeres atractivas y chicas guapas que estaban allí esa noche, era a ella a quien se había acercado.

Tal vez reconoció algo de sí mismo en ella, un rasgo masculino que apelaba a su naturaleza ambiciosa y emprendedora.

Una mujer que no se inclinaría ni adularía por su dinero y buena apariencia.

Una mujer que jugaría duro para obtener lo que quería.

Becky llamó a su puerta, pero no esperó una respuesta.

Al entrar en la habitación, vio un destello de carne y olió el inconfundible aroma del sexo.

Una mujer de veintitantos años yacía sobre el escritorio, con los pechos desnudos expuestos a través de un vestido que todavía estaba envuelto alrededor de su cintura.

Ricky la estaba follando desde una posición de pie, pantalones negros alrededor de sus tobillos, el sudor brillando sobre su cabeza afeitada.

Volvió la cabeza ante la interrupción.

"Joder." Se apartó de la mujer y Becky vio su gran polla, inflamada por la excitación, resbaladiza con el jugo de la mujer.

Cuando vio quién había entrado en la habitación, suspiró, se inclinó y se subió los pantalones.

La mujer en la mesa cubrió sus pechos, tratando de ocultar su vergüenza con una risa sensual.

Pequeña zorra, pensó Becky, caminando sin vergüenza dentro de la oficina.

Ricky se estaba abrochando el cinturón de cuero alrededor de la cintura cuando movió la cabeza para que la chica se fuera.

Aun cubriendo sus pechos, se deslizó recatadamente de la mesa, tomó los zapatos de tacón y salió de puntillas de la habitación.

Ricky caminó alrededor de su escritorio, mirando a Becky de reojo, con el rostro enrojecido.

Se sacó un pañuelo del bolsillo de la camisa, se enjugó la frente y metió la mano en un cajón para recuperar una pitillera plateada.

"¿A qué debo el placer?", Dijo, abriendo la caja y sacando un cigarrillo de colores.

Le ofreció uno a Becky.

Ella mantuvo sus ojos en él mientras caminaba hacia el escritorio y tomaba uno de los cigarrillos.

Era escarlata.

"¿Comprobando la calidad de la mercancía de nuevo?", Dijo, colocando el cigarrillo rojo entre sus labios.

Ricky entrecerró sus agudos ojos azules mientras encendía su cigarrillo y luego sostenía el encendedor para encender el de Becky.

"¿Cuál es tu punto para interrumpirme, entrando aquí sin avisar?"

Becky aspiró un poco del cigarrillo encendido.

Ella expulsó el humo que se arrastraba hacia el techo en un delgado hilo.

"Veo que has estado ocupado últimamente."

Ella miró hacia la mesa con una sonrisa.

Las impresiones de sudor donde habían estado las nalgas de la mujer todavía estaban presentes en la superficie del vidrio.

Ricky se sentó pesadamente.

Becky casi podía oír su corazón acelerarse, la sangre todavía bombeando alrededor de su cuerpo de la sesión sexual interrumpida.

Él la estudió con curiosidad.

"¿Ya terminaste?"

Becky negó con la cabeza.

"¿Entonces qué? Noto algo diferente en ti ".

Becky echó hacia atrás su pelo y miró la pecera grande que brillaba detrás de la cabeza de Ricky.

Peces grandes en un estanque muy pequeño, pensó con ironía.

Él podría tener dinero y poder sobre las mujeres, pero sentado allí en su silla sin tener ni idea de lo que estaba por suceder, era tan débil y patético como cualquier otro hombre.

"Supongo que debe ser por el clima del mes", dijo secamente.

Se quitó la bolsa del hombro y la colocó con cuidado sobre la superficie de vidrio que estaba sobre la mesa.

Ricky miró sus movimientos con interés.

Caminó alrededor del escritorio y posó sus nalgas en su borde duro.

Ricky hizo girar su silla, se inclinó hacia atrás y la estudió.

"Estás con ganas", dijo con atención.

"¿Cuándo no lo estoy?", Respondió ella.

Ricky sonrió.

A él le encantaba eso de ella.

Ese apetito audaz y dispuesto para el sexo.

Especialmente de una mujer.

Lo puso duro en segundos. Becky esperó a ver que su polla volvía a despertar mientras movía su cuerpo para mostrar sus pechos.

"Eres una puta", dijo Ricky. "Nada te detiene, ¿verdad? Ni siquiera segundos descuidados en una pequeña zorra.

"Ella era solo el aperitivo. Yo soy el plato principal. El sexo real."

Becky se subió el vestido por el muslo y deslizó los dedos entre sus piernas.

Se había quitado las bragas antes de salir de la casa, así que tenía fácil acceso a los labios desnudos que tenía entre las piernas.

Miró a Ricky y tomó otra chupada del cigarrillo.

El bulto que seguía creciendo en sus pantalones le dijo que planeaba estar dentro de ella en segundos.

Su coño se humedeció ante el pensamiento, intensificado por el conocimiento de que esta vez la satisfacción sería más dulce que cualquier otra.

Puso sus manos sobre la superficie de vidrio, dejando huellas pegajosas de su coño almizclado, y maniobró hasta posicionarse directamente frente a Ricky.

Puso ambos talones en los brazos de la silla, abriendo las piernas para darle la vista completa de lo que tenía entre sus piernas.

La excitación brilló a través de los ojos de Ricky mientras miraba hacia abajo y veía el dulce oculto debajo del pequeño vestido rojo.

"¿Qué se supone que debo hacer con eso?" Dijo sardónicamente, levantando su ceja.

Con los codos sobre la mesa, Becky aún logró fumar mientras respondía con una sonrisa sensual.

Sin palabras.

Ricky apagó su propio cigarrillo aplastándolo sin vergüenza sobre el cristal.

Respiró a través de sus fosas nasales, tal vez para obtener un sabor perfumado de lo que vendría, empapando sus largos dedos frente a sus hermosos labios.

"Voy a comerte hasta que tu coño gotee en mi boca".

Becky sintió un hormigueo en la vulva mientras apretaba los músculos.

Ella siempre había amado a un chico al que le gustara comer coño.

Ricky estaba feliz de saturar su rostro en su jugo, haciendo cosas con su lengua que lo enviaran a otro lugar.

Sería la forma más humana de irse, pensó.

Un miedo eufórico.

Sus grandes manos tocaron sus rodillas y separó sus piernas aún más.

Becky lo miró con una fascinación sombría, evaluando la excitación en sus ojos acerados.

Se pasó la lengua por los labios en broma.

Becky sonrió a sabiendas.

Entonces, antes de que ella pudiera hacer otra cosa, su cabeza estaba entre sus piernas y su lengua caliente y húmeda estaba abriéndose paso dentro de ella.

La cabeza de Becky cayó hacia atrás mientras jadeaba de placer.

"Oh, joder".

Ricky movió su cabeza vorazmente, lamiendo su carne pegajosa.

Comer, probar, respirar su olor almizclado.

"Delicioso", Becky lo escuchó decir con su profundo acento de Vermont.

Ni por asomo iba a saborear algo tan delicioso como su dulce venganza, pensó.

Ricky bajó la cremallera de sus pantalones y sacó su polla, masturbándola con movimientos rápidos y duros de su muñeca.

Becky se preguntó brevemente si él prefería su coño al que había estado follando minutos atrás.

Entonces ella decidió que ya no le importaba.

Todos los hombres eran iguales.

Tontos del culo que abusan de putas y chupan coños. Incluso si tuvieran la capacidad de enviarte a lugares que nunca supiste que existían.

¡La lengua de Ricky era divina!

Becky miró hacia abajo y vio el brillante y redondo cuero cabelludo subiendo y bajando.

Este era su momento.

Tomando aliento, hizo una pausa por un momento, luego juntó sus muslos en un movimiento rápido, cerrando el cuello de Ricky entre sus piernas.

Él se atragantó e intentó alejarse, pero fue en vano.

Becky metió la mano en el bolso rojo y sacó un cuchillo.

Ella agarró la empuñadura con ambas manos y la levantó por encima de la cabeza de Ricky.

Él continuó balbuceando, agarrando sus muslos para abrirlos.

Pero ella no pudo hacerlo.

Ella no podía dejar caer el cuchillo sobre su cabeza.

Ahora que el momento estaba aquí, ya no parecía una fantasía.

Se sentía como una pesadilla.

Ella no era una asesina.

Ella no podía convertirse en algo que no era.

La habían matado por dentro y ella los despreciaba por eso, pero matar a sangre fría la convertía en otra cosa.

La hacía a ella ser menos que ellos.

Becky liberó la presión de sus muslos sobre la cabeza de Ricky.

Salió de la trampa, jadeando y frotándose el cuello.

"Loca puta perra", gritó. "¿A qué estás jugando?"

Becky ya había ocultado el arma en el bolso antes de que Ricky escupiera su ira.

"Pensaba que te gustaría probar algo un poco duro", jadeó, haciendo todo lo posible por ocultar el miedo en su voz.

Ricky apartó sus piernas y se levantó.

"¡No podría respirar!"

Becky jugueteó con su vestido y bajándose de la mesa de vidrio.

Mientras estaba de pie, notó la expresión de duda en los ojos de Ricky.

"Oh, vamos", dijo ella. "Fue un poco divertido".

Consiguió mantener una sonrisa mientras su corazón latía frenéticamente dentro de su pecho.

Ricky no dijo nada, buscando en sus ojos algún tipo de engaño.

Él sería el único que tendría sangre en las manos si supiera que ella había planeado matarlo.

Becky caminó hacia él y se inclinó cerca de su rostro.

Ella besó su mejilla ruborizada, dejando su labio escarlata impreso en su piel.

"Ya he tenido suficiente por hoy. Me iré mejor", dijo ella.

Levantó su bolso de la mesa y caminó hacia la puerta.

Podía sentir los ojos de Ricky clavados en ella.

Penetrante.

Acusatorio.

"Espera", dijo.

Becky se detuvo.

Su corazón se congeló.

Lentamente se dio la vuelta.

El contorno oscuro de Ricky estaba bordeado por el brillante resplandor del agua de la pecera mientras esperaba que hablara.

"Querrás tu dinero", dijo.

Becky frunció el ceño.

"¿Qué dinero?"

"Siempre pago a mis chicas favoritas".

Becky estudió sus ojos.

¿Qué estaba haciendo él?

"Nunca lo has hecho antes".

"Ya es hora de que lo haga".

Cogió un talonario de cheques del escritorio.

Sacó un bolígrafo del bolsillo de su camisa y garabateó algo en de él.

Cuando se lo acercó a Becky, sintió que le picaba el cuello.

Ricky le dio el cheque.

Becky lo tomó y miró la cantidad.

Cuarenta mil dólares.

Ella palideció y miró a Ricky con incredulidad.

"Por servicios debidos", dijo.

Becky miró hacia atrás a la figura fuerte.

Cuarenta mil dólares.

Pagaría su hipoteca.

Ella podría conseguir un auto nuevo.

Salir a flote.

Comprar ropa nueva.

Zapatos de diseño.

Ricky no sonreía mientras la miraba estudiar el cheque.

La mirada que le dirigió fue de preocupación.

Becky miró nerviosamente sus ojos azul acero.

Él sabía que ella había intentado matarlo.

Él la estaba pagando.

Toma el dinero, déjame en paz, no vengas.

Ella no quería decepcionarlo.

Se las arregló para sonreír y luego se volvió para salir de la habitación, su mano temblorosa aun sosteniendo su nueva fortuna.

FIN

MEJOR UN TRÍO
POR
ERIKA SANDERS

Los tres nos acurrucamos en el sofá viendo una película de cursi película de HBO.

Yo estaba en el medio, apoyada contra mi novio, Peter, y su mejor amigo, Ricky, el cual estaba apoyado contra el otro lado del sofá.

Peter volvió la cabeza hacia nosotros e hizo un comentario que no le importaría hacer eso de lo que habíamos hablado antes.

Miré fijamente a la televisión y vi como una mujer se salía con la suya con dos hombres.

Ricky se movió un poco en el sofá.

"Sí, parece que podría ser divertido". Dije solo mirando la pantalla y me reí entre dientes.

Lo siguiente que supe fue que Peter comenzó a pasar sus manos a lo largo de mis costados y alcanzó la parte inferior de mi camisa, tirando de ella.

Ricky se acercó un poco y comenzó a frotar mi pierna mientras me miraba a los ojos.

Sentí que todo mi cuerpo saltaba sin moverse.

Peter me sentó y me quitó la camisa, mis pechos descansaban en mi sujetador de encaje negro, los pezones duros y empujando contra la tela.

Luego presionó su cuerpo contra el mío, envolviendo sus brazos alrededor de mi espalda y con un movimiento de su muñeca mis pechos estaban sueltos.

Peter comenzó a chuparme las tetas mientras Ricky deslizaba sus manos hacia el botón de mis pantalones cortos.

Sentí que me humedecía cuando Ricky desabrochó mis pantalones cortos, tiró de ellos hacia mis caderas y mis piernas.

Para su sorpresa, no llevaba bragas.

Ricky se lamió los labios y acercó su rostro a mi coño mojado.

Jadeé cuando sentí su lengua penetrar mis labios y acariciar mi clítoris, haciendo que Peter chupara mis pezones con más fuerza.

Yo deslicé sus manos hacia sus pantalones y comencé a trabajar para quitárselos.

Separo mis piernas aún más para darle a Ricky un acceso más fácil.

Mi corazón comenzó a acelerarse cuando lo que estaba sucediendo comenzó a asentarse en mi cabeza.

Mientras Ricky lamía hambrientamente mi coño mojado y empapado, se quitó los pantalones y se retiró a regañadientes para quitarse la camisa por la cabeza.

Luego, Ricky comenzó a tirar de mis caderas, tirando de mi trasero hasta el borde del sofá, se puso de pie y vi su polla dura y palpitante justo antes de presionarla contra mis labios, frotando la longitud de mi clítoris hinchado.

Cuando Peter se puso de pie, se quitó la camisa y la arrojó a un lado.

Luego se subió al sofá, su polla a centímetros de mi cara, pasando por encima de mis piernas una de las suyas.

Gemí cuando Ricky empujó su polla dentro de mi coño, llenándome por completo.

Instintivamente apreté con fuerza alrededor de su miembro.

Saqué mi lengua y acaricié con ella la punta de la gran polla de Peter, incliné mi cabeza hacia adelante y envolví mis labios alrededor de la cabeza hinchada.

Peter se apoyó con una mano contra la pared y deslizó los dedos de la otra en mi cabello, guiando suavemente mi cabeza mientras le chupaba la polla.

Ricky pasó sus manos arriba y abajo por mis costados y agarró mis caderas, sosteniéndome quieta mientras me follaba.

Mis gemidos se perdieron en los suyos.

Comencé a balancear mis caderas contra las de Ricky hundiendo su polla palpitante más profundamente en mi apretado coño mojado.

Comencé a trazar el interior del muslo de Peter, llevé mi mano a sus bolas llenas de semen y comencé a masajearlas suavemente, dejándolas rodar en mi pequeña mano.

Gemí de nuevo, mi boca completamente llena por la polla de Peter.

Podía sentir la cabeza de su polla tocar la parte posterior de mi garganta, con el sabor del líquido preseminal en mi lengua.

Peter se echó hacia atrás, su polla aun palpitando por mi dura succión, bajó del sofá, tomando mi mano entre las suyas.

Me senté y Ricky sacó su polla de mi excitado coño.

Peter me llevó a la habitación, se sentó en la cama, agarró mis caderas delgadas y me dio la vuelta.

Ricky se paró frente a mí, acariciando su polla dura mientras Peter separaba mis nalgas.

Ricky luego agarró mis caderas y me ayudó a equilibrarme mientras ayudaba a colocarle la polla de Peter delante de mi apretado agujerito.

Mis rodillas se presionaron contra mis senos cuando sentí la polla húmeda de Peter presionar contra mi culo apretado.

Gemí cuando su polla penetró lentamente mi culo.

Ricky empujó la parte superior de mi cuerpo hacia atrás y deslizó su polla nuevamente dentro de mi coño.

Inclinándome hacia atrás, con mis brazos apoyándome, mi culo y mi coño llenos de polla, gemí en voz alta y me mordí el labio inferior.

El dolor y el placer provenientes de la doble penetración era casi demasiado para manejarlo.

Peter deslizó su polla de veinte centímetros hasta el fondo de mi culo, llenándolo por completo y luego comenzó a mover sus caderas.

Sus manos alrededor de mi pecho masajeando mis senos.

Ricky bombeó furiosamente en mi coño caliente y húmedo.

Su respiración se hizo difícil y sus manos en mis caderas me sostuvieron en su lugar.

Apreté fuertemente alrededor de sus dos pollas, sintiendo que mi propio clímax comenzaba a crecer.

La polla de Peter se hinchó dentro de mi trasero cuando apreté y comenzó a follarme más rápido, gimiendo mientras lo hacía.

Ricky cerró los ojos y comenzó a sentir ese calor familiar en su polla mientras la bombeaba constantemente en mi coño.

Estaba gimiendo con casi cada respiración, deseando sentirlos explotar dentro de mí.

Apreté más fuerte.

El cuerpo de Peter comenzó a temblar debajo de mí mientras su polla explotaba llenando mi culo con su espeso semen.

Sus gemidos se mezclaron con los de Ricky y los míos.

Envolvió sus brazos alrededor de mi pecho con fuerza mientras su clímax alcanzaba su punto máximo, bombeando su polla a chorros dentro y fuera de mi apretado culo.

Cuando Peter se corrió en mi trasero sentí que mi propio clímax comenzaba a hacer que mi cuerpo se tensara y mi coño se contrajera alrededor de la polla llena de esperma de Ricky.

Comencé a mover mis caderas al ritmo de los movimientos de Ricky, queriendo correrme alrededor de su polla.

Eché la cabeza hacia atrás y gemía tan fuerte que casi grité cuando entré en clímax, con una polla en cada hoyo.

Ricky no pudo contenerse por más tiempo, se soltó con la suya y llenó mi coño con chorros de su semen.

Los dos temblando, nuestros golpes se volvieron más lentos y nuestros gemidos se suavizaron, disminuyendo nuestros clímax.

Ricky se inclinó hacia adelante, me besó suavemente y sonrió mientras sacaba su polla de mi coño y me ayudaba a levantarme de la cama.

Peter se levantó rápidamente, se paró detrás de mí, envolvió sus brazos alrededor de mi cintura y besó mi mejilla.

Él dijo entre risas:

"Sí, fue divertido, de hecho... "

FIN

SUMISA
POR
ERIKA SANDERS

Te deseo.

Todo de ti.

De la cabeza a los pies y todo lo demás.

Tu cuerpo, tu mente, tu alma.

Las imperfecciones que odias que yo no.

Amo cada parte de ti, tal como eres.

Especialmente ese culo.

Quiero estar contigo.

Todo el tiempo.

No importa dónde esté.

Mi mente divaga, provocada por un pensamiento o una imagen.

Una canción.

Tus iniciales en una matrícula.

Una simple palabra hablada de pasada que tiene un significado especial para ambos.

Un extraño que lleva el pelo como tú.

Vestido como tú.

Quiero oír tu voz.

Cuando me llamas con tus nombres de mascotas.

Dime que me amas, me extrañas.

Describe cómo fue tu día.

Pregúntame sobre el mío y dame tu opinión.

Comparte lo que estamos haciendo o planeamos.

Incluso lo mundano.

Sedúceme a altas horas de la noche mientras estoy tumbada desnuda en la cama en la oscuridad y tú estás a kilómetros de distancia.

Sé duro conmigo cuando me pongo malcriada y hago pucheros por colgarme el teléfono para dormir o para prepararte para el trabajo.

Quiero ver tu interior abierto por escrito.

Saboreo cada nuevo mensaje y foto.

Reviso las conversaciones pasadas.

Recuerdo que cuando no estamos físicamente juntos, todavía piensas en mí.

Que puede estar ahí con un toque de tus dedos.

Tus palabras son fuertes a pesar de que no hay sonido; me tocan en el fondo, como si me las hubieras dicho directamente al oído.

Quiero comentar mis novelas contigo.

Sugiéreme ideas mientras hacemos una lluvia de ideas sobre la trama y los nombres de los personajes.

Elimina las áreas problemáticas.

Marearte con los comentarios y opiniones de los fans.

Apaciguar mi ira y confusión cuando los lectores sin rostro y sin corazón critican mis historias sin una buena razón.

Y continúo escribiendo otro día con tu ánimo.

Quiero ser domesticada por ti.

Para cocinar y hacer los quehaceres de la casa.

Hacer recados.

Ir a bailar, ver una película y hacer viajes.

Solo acurrúcate y toma una siesta en el sofá en un fin de semana lluvioso.

Llamarme deseoso para hacer el amor bajo montones de mantas en la cama todo el día.

Dormirnos en los brazos del otro por la noche y luego despertarnos uno al lado del otro por la mañana.

Ducharnos juntos.

Tener sexo de reconciliación cuando peleemos.

Quiero ser besada por ti.

Repetidamente.

Tanto con ternura como con brusquedad.

Sabes cómo burlarte de mí.

Satisfacerme.

Despertarme con tus labios, dientes y lengua.

Para hacerme llorar y gemir.

Suplicar.

Mi cuerpo tiembla.

Quiero hacer cosas pervertidas contigo.

Asistir a comidas y eventos.

Hacer amigos en tu estilo de vida.

Participar en juegos sexuales en fiestas.

Descubrir más deseos secretos.

Liberar nuestras inhibiciones.

Explorar nuestros lados más oscuros.

Llevarnos el uno al otro a lo más alto de los máximos y luego consolarnos el uno al otro cuando caemos en el más bajo de los mínimos.

Quiero ser dominada por ti.

Gruñó porque soy tuya.

Haces que mi pulso se acelere y que la respiración se detenga al oír tus órdenes.

Silencioso o brusco, ambas situaciones me hacen sonrojar.

Tengo muchas ganas de que me sujetes contra la pared con tu polla entre mis piernas, presionado contra mi coño.

Que me ordenes follarte ... que venirme solo cuando tú lo digas.

No tengo más remedio que ceder cuando torturas mis oídos, cuello y pechos con tu boca.

O cuando siento tus manos sobre mi cuerpo mientras reclamas lo tuyo.

Mi pecho se hincha de orgullo cuando dices que soy una "buena chica" por hacer lo que quieres.

Quiero estar atado por ti.

Físicamente.

Mentalmente.

Con tus manos, esposas o cuerdas.

Mis muñecas sostenidas en tu agarre por encima de mi cabeza o aseguradas a la cabecera de la cama.

Piernas restringidas, juntas o separadas.

Mis movimientos y reflejos controlados.

Cualquier posibilidad de tocarte eliminada.

Una venda sobre mis ojos para no ver lo que me vas a hacer.

Quiero ser jodida por ti.

Desnuda y abrumada bajo tu cuerpo mientras me arrasas.

Quedarme libre de restricciones sin un toque de ninguno de los dos, usando solo tus palabras para hacerme retorcerme y gemir mientras arruinas mi mente deliciosamente.

O los toques simples y ligeros que has descubierto que me sacan múltiples orgasmos sin importar dónde acaricies mi cuerpo.

Quiero que me utilices.

Ser arrastrada de un sitio a otro a tu antojo.

Abrumada cuando lucho.

Mi trasero desnudo golpeado mientras me sujetabas.

Mis juguetes usados en mí ... por ti.

Tu mano aferrada a mi cabello en la parte de atrás de mi cuello.

Presionando ligeramente sobre mi garganta mientras me miras a los ojos.

Para recordarme quién está a cargo.

Quiero obedecer tus reglas.

Cuando estás fuera de mi alcance, me dan algo en lo que concentrarme.

Están definidas teniendo en cuenta mi mejor interés.

Sé que serás disciplinado en consecuencia si las rompo.

Que confíes en mí para ser honesta contigo cuando te he desobedecido.

Quiero que me consueles.

Acurrucada contra ti cuando estoy a abrumada o tengo un mal día.

Mi cabello acariciado y besado con mi cabeza acurrucada debajo de tu barbilla contra tu pecho.

Calmada por tus palabras y tus brazos a mi alrededor.

Mecida hasta que cese cualquier lágrima.

Quiero cuidarte.

Para abrazarte cuando estás triste, cansado o enfermo.

Seré tu fuerza, alguien en quien apoyarte, porque incluso un Dominante puede tener momentos débiles.

Como tu sumisa, estoy aquí para ti en cualquier situación que me necesites.

Para complacerte o aliviar tu dolor.

Quiero todas estas cosas y más.

Porque soy sumisa de esa manera.

Como tu dominante ...

FIN

DOMINANDO A SUSAN
EL NUEVO TRABAJO
(DOMINACIÓN ERÓTICA)
POR
ERIKA SANDERS

PRÓLOGO

Robert es un maduro hombre de negocios exitoso, casado y con un hijo de la misma edad que Susan.

Sus familias han sido amigos cercanos durante muchos años y él la había visto convertirse en una joven encantadora.

Él siempre había mostrado una amistad abierta hacia la chica y, a lo largo de los años, la había hecho consciente de su afición por ella.

En secreto, su relación amistosa y su cariño por la chica ocultaban sus muchos deseos oscuros, sin ninguna oportunidad de hacerlos realidad.

Su sumisión total hacia él era el único sueño, en sus pensamientos más oscuros y que deseaba que se hicieran realidad.

Susan es una chica, recién graduada, con un título en negocios en su mano y ansiosa por experimentar el mundo.

A punto de comenzar su primer trabajo real, un puesto ofrecido por Robert, amigo de la familia, por respeto a su padre y reconocimiento de sus habilidades.

Pero también, sin que ella lo supiera, alimentado por su deseo de poseerla.

Ella es una chica agradable, sensual pero dulce que ha tenido el mismo novio, Peter, desde su primer año de universidad.

Son aventureros, pero nunca perturban su mundo.

Ella sabe lo que quiere, o cree que lo sabe, pero realmente es bastante obediente dejando que otros la guíen por los caminos de su vida.

EL NUEVO TRABAJO

Se para frente al edificio, y sus ojos contemplan la fachada de acero y vidrio.

Observa a todos los hombres y mujeres bien arreglados y apresurados entrar y salir de la entrada.

Mira su propio traje de falda corta, reanuda el paso, y entra.

Se siente pequeña y un poco intimidada por los hombres que se elevan por encima de su estatura de un metro sesenta mientras sube al elevador y entra en el negocio de su nuevo empleador.

Mirando a su alrededor, lo ve en el mostrador de recepción hablando con una bomba de mujer rubia y riendo coquetamente, y su sonrisa iluminando su rostro mientras la gira hacia ella.

Ella se sonroja sin saber por qué y se mueve hacia él con los tacones haciendo clic en el suelo de baldosas.

El brazo de él le rodea protectoramente sus hombros mientras la presenta a la chica del escritorio.

"Anne, esta es mi pequeña Susy!"

Ella se sonroja, luego se endereza y extiende su mano.

"Hola, en realidad mi nombre es Susan, gusto en conocerte".

Él la dirige con la mano constante sobre su hombro a varios departamentos y a otros ejecutivos.

La presenta como Susan, por lo que está agradecida, y que quiere poner sus mejores maneras en este mundo de gran rivalidad.

Ella permanece cerca de él durante toda la mañana tratando de memorizar una gran variedad de nombres antes de que finalmente la lleve a su suite de oficina.

Él la muestra el escritorio en la antesala que será suyo la mayor parte del tiempo que ella esté aquí.

Ella guarda su bolso y pasa los dedos suavemente sobre los muebles bien elegidos.

Es llevada a su oficina donde él le señala con la mano a los opulentos muebles oscuros, todos de cuero y caoba.

"Y aquí es donde trabajo".

Dejando su lado por primera vez, él se sienta en su escritorio.

Ella se siente extrañamente sola parada en esta gran oficina ante él.

Tomando algunas llaves, continúa hablando:

"A la izquierda, detrás de la salita de recreo, encontrarás una puerta a una pequeña cocina. Esta a menudo entretiene a los clientes. El refrigerador de la barra debe permanecer abastecido siempre con lo que aparece en la lista, y además hay un menú. Debes aprender a cocinar todos los platos, en caso de que el cocinero no esté disponible. Lo pondré en tu programa de entrenamiento ".

Se había movido rápidamente detrás de ella empujándola hacia la puerta y abriéndola.

Con los ojos muy abiertos y sobrecogida por el tamaño de la compañía y las oficinas que poseía, todo lo que puede hacer es asentir tontamente.

"Eso será así. "

"Sí, señor", dice él con una sonrisa, pero la severidad de su voz la sacude.

"Sí, señor ". Ella responde automáticamente.

Tomándola del brazo, él se mueve fuera de la cocina y la lleva a otra alcoba con la puerta en la misma pared.

"Y este es mi baño privado, puedes usarlo, pero solo con mi permiso, ¿entiendes, Susy?"

Ella asiente de nuevo sin palabras ante la opulencia de este baño, recuperándose cuando lo siente ponerse rígido, balbuceando:

"Sí, señor".

Él sonríe ante su obediencia.

"Utilizará el baño de empleados en el pasillo si tiene necesidades y yo no estoy aquí"

Ella es más rápida esta vez.

"Sí, señor".

En el otro lado de la habitación, dos alcobas similares con puertas que él les muestra.

"Esta es una sala de reuniones privada", ella mira rápidamente mientras él la apresura "... y aquí es donde descanso si necesito pasar la noche en la ciudad ".

La habitación estaba oscura y se vislumbraba una gran cama con dosel y bancos extraños en la gran sala.

Apenas tuvo tiempo de percibirlo antes de que le cerrara la puerta.

La lleva de vuelta a su escritorio, enciende la computadora y le muestra el servicio de mensajería personal desde su oficina a su computadora que siempre debe estar encendida y abierto.

Contento con los "Sí señor" apropiados en los momentos correctos y su inclinación natural a ser servicial, la deja en el escritorio para que se familiarice con su nuevo entorno.

Él pone a prueba su atención enviándole pequeños mensajes instantáneos y se sonríe ante sus respuestas inmediatas mientras ella lee las tareas y los distintos horarios que le quejaron en su escritorio.

LA OCUPACIÓN REAL

Él fue paciente y amable mientras ella se familiarizaba con su nuevo trabajo dentro de su compañía.

Hablaba con ella a menudo a través de la pantalla de mensajería instantánea durante los momentos en que no estaba en reuniones, o fuera de la empresa, preguntándole acerca de su familia, amigos, por cómo iban las cosas con su novio, haciéndola sentir a su vez su cariño e interés genuino en su vida.

Durante las primeras semanas, muy ocupadas de su entrenamiento, se tomó el tiempo de consultar con ella y ajustarle el horario si fuera necesario, convirtiéndose en su mentor, su amigo y, a veces, una figura paterna severa.

Bromeaba con ella, jugaba y charlaba amigablemente.

Las conversaciones poco a poco se volvían más íntimas a medida que pasaba el tiempo.

Jugaron a verdad o reto, a menudo, a través de la computadora, y en el juego sus preguntas se volvieron más personales y directas.

Luego se detuvo mientras leía su última respuesta.

Había esperado que sucediera algo así, pero nunca esperó realmente que sucediera.

Aquí estaba jugando a la verdad y aquí estaba la ocasión de atreverse con ella otra vez.

Ella siempre elegía la verdad ... y acaba de confesar una nalgada de su novio, y que le había gustado.

Con eso, iba a comenzar a hacer realidad su sueño.

Sabía que probablemente nunca volvería a jugar a esto con él de nuevo, y casi retrocedió, pensando que ella quería dejar de hacerlo, o peor aún, decírselo a alguien de la compañía y luego a su familia.

Sin embargo, tenía que seguir adelante.

Su deseo sostenido por mucho tiempo lo condujo, y comenzó a escribir.

Ella no había elegido atreverse, pero él continuó escribiendo...

* * *

"Te reto a que me dejes azotarte, Susy".

Ella fijó la vista, no podía creer lo que estaba leyendo.

Se había acercado a él, lo adoraba y la forma en que la cuidaba y la hacía sentir tan especial, casi como su fuera su padre.

Quizás estaba bromeando con ella otra vez, sin creer lo que ella le había contado sobre su cita la noche anterior.

Su mente dio vueltas al pensar en cómo se había sentido recibiendo una nalgada por parte de su novio y se retorció en su asiento al darse cuenta de que necesitaba responder.

Miró fijamente la pantalla, el cuadro de mensaje estaba en blanco, de momento, esperando su respuesta.

* * *

Él comenzó a asustarse, pero luego vio que ella estaba escribiendo.

Su corazón latía rápido, y se asustó el pánico, antes de que finalmente viera lo que ella estaba escribiendo.

"Sí señor."

Tecleó rápidamente, empujándola a actuar a ella y a su suerte:

"Entonces entra en mi oficina y cierra la puerta. Cuando entres a mi oficina obedecerás todas mis órdenes, te acostarás sobre mi regazo sin hablar y te someterás a mis nalgadas".

* * *

Ella parpadeó ante su respuesta.

Este juego se estaba volviendo serio, pero era solo un juego, ¿verdad? ¿La estaba probando?

¿Debería retroceder?

Ambos estaban nerviosos y tensos por sus propios motivos, pegados a la pantalla de la computadora.

Ella no quería ser la primera en retroceder y que él se burlara de ella.

Ella escribió:

"Sí, señor".

* * *

"Entonces ven a mi oficina, Susy, y cierra la puerta".

No hubo respuesta, pero ella entró rápidamente a su oficina y cerró la puerta como un conejo asustado, incrédulo de lo que acababa de aceptar, pensando que todavía estaba jugando con ella.

Se sentó aparentemente impasible mientras su cuerpo le dolía por ella, al ver su miedo, la confusión y el calor en sus ojos que la hizo continuar.

"Mi regazo espera"

Ella dio un paso adelante y él levantó la mano, se detuvo a medio paso.

"Estuviste de acuerdo en obedecerme entrar en esta habitación, ¿no?"

Visiblemente temblando, ella susurró:

"Sí, señor".

Él señaló el suelo, se estaba envalentonando, y gruñó,

"Arrástrate hacia mí".

Observó cómo veía las emociones jugar en su rostro, renuencia, miedo, temor, emoción y finalmente sumisión.

Dejó escapar el aliento que estaba conteniendo mientras veía el comienzo de su sueño hacerse realidad, su pequeño cuerpo cayendo de rodillas y luego a sus manos mientras ella comenzaba a gatear hacia él.

Sintió que su polla se agitaba al verla.

Era suya finalmente, aunque solo fuera por esta tarde.

* * *

No podía creer que estaba haciendo esto, este hombre que había conocido toda su vida estaba a punto de azotarla realmente.

El juego había ido demasiado lejos, pero ¿por qué no lo estaba deteniendo?

¡Ella se da cuenta de que lo quería!

Oh, Dios, ¿ella lo quería?

¿Había algo mal con ella?

¿Por qué se sentía así?

Sus ojos se clavaron en su fuerte cuerpo en su gran silla cuando ella alcanzó sus pies y deslizándose como una serpiente se movió en su regazo.

Sabía que estaba mal, pero no podía evitarlo.

Sin palabras, sin discusión, sin acariciarla por ser una buena chica, la mano se estrelló contra su trasero con fuerza, y ella chilló.

***

Miró al hermoso ángel que se arrastraba hacia él, su mente yendo a los lugares más oscuros y teniendo que retroceder, tan joven e impresionable que no se da cuenta de su valía.

Él usaba toda su fuerza de voluntad para permanecer impasible mientras ella se desliza sobre su regazo, seguro de que puede sentir esta dureza en su estómago mientras él le levanta la falda, revelando una tanga rosa, levanta la mano y la golpea con todas sus fuerzas.

Si solo por esta vez la disfrutara.

Observa cómo sus músculos tensos se ondulan bajo el ataque y las huellas su mano brillan en rojo sobre su piel blanca.

Ella chilla y jadea:

"Ohhhhh esoooo dueleeeeee".

Ella chilla y retuerce sus piernas pateando cuando él la azota de nuevo profundamente.

***

Pierde la cuenta de los azotes mientras el dolor llena su pequeño cuerpo y la calienta.

Se da cuenta del calor que comienza en su pequeño coño y la humedad en sus muslos mientras la azota.

Perdida en su calor y necesidad de gritar, pequeñas lágrimas surcan sus mejillas.

* * *

Su mano se adormece mientras la azota con fuerza saboreando la tensión de los músculos duros, sus gritos y súplicas para que deje de azotarlo mientras pinta su pequeño culo de un rojo brillante.

Se detiene cuando la ve mojada entre las piernas, increíblemente, su pequeño cuerpo espasmódico sobre su regazo.

* * *

Su mente se encerró en el poder de este hombre mientras jadea y chilla.

Mientras él continúa azotándola con fuerza y rápido, su cuerpo se hace cargo mientras su mente se tambalea, siente el calor y la necesidad acumulada de un novio demasiado inepto y perdida en la sensación que ella se corre, se pone dura y su orgasmo le cae a chorros sobre sus muslos con este simple azote.

Ella siente que él se detiene y se muere adentro.

Su vergüenza la llena mientras ella tiembla sobre su regazo, jadeando y sollozando.

El calor de su rubor llenaba su rostro, tan avergonzada, ¿cómo pudo haber hecho eso?

* * *

Él sonríe al ver su cara sonrojarse de vergüenza, la mantiene en su lugar, sabiendo que este es su momento.

"Durante la próxima semana, te convertirás en mi esclava. Esta será tu ocupación real. Me obedecerás en todo lo que yo te mande. Te mantendrás a la vista todo el tiempo y me pedirás permiso para irte si es necesario, aunque solo sea para ir al baño. Te poseeré y me obedecerás. Al final de una semana hablaremos de esto nuevamente ".

* * *

Acostada en su regazo sintiendo el orgasmo de sus nalgadas, ella escucha sus palabras.

Es una declaración, no una pregunta.

Se da cuenta de que no le ha dado opciones.

Ella inclina la cabeza avergonzada, temblando por lo que acaba de hacer.

Y ella gime:

"Sí señor"

LA HISTORIA CONTINUA EN EL PRÓXIMO VOLUMEN: DOMINANDO A SUSAN. LAS REGLAS

www.ingramcontent.com/pod-product-compliance
Lightning Source LLC
LaVergne TN
LVHW090126160826
845673LV00015B/1036

9798230951452